在这里写下圆满的爱

SO IN LOVE
全世爱

笔记本

苏小懒 著

浙江文艺出版社

不知道将来有多少故事，可以在以后
的岁月中，慢慢讲给你听。
我想这一切是注定，如果真的是这
样，那么，欢迎你留下来。
以后的故事，只说给你听。

七益你都不知道吗？他是我国最伟大的爱国诗人啊，他一生忧国忧民，不屈服恶势力。

总不能像让木木接受我买新衣服时那样编造借口："不，这不是我新买的衣服，这是前年买的旧衣服。"——小懒总不能对木木说"我这个发型是前年做的"……

小懒：你到底是去洗车的，还是去祈雨的？

木木：呃……我也不清楚，早知道这样，我可以去我国的干旱地区啊……只见我一路洗车，一路下雨……

小懒：……

人不早恋枉少年；没有早恋的人生，是不完美的人生；当有一天你想早恋的时候，发现已经晚了，是很悲催的事情。

那天小懒摸着肚子，对小二桃儿说：“小二桃儿，你不要以为你生在一个单亲家庭里哦，爸爸只是很忙而已。”

——我们真的，不是单亲家庭……

你一定要相信。

呃。

木木：小二桃儿，爸爸告诉你哦——如果你生下来后，好吃又懒做，就是像你妈；如果你聪明又可爱，就是像爸爸。

小懒：……

为了纠正小懒老是乱花钱的毛病，
木木决定和小懒谈心。

木木：我发现只有我一个人省是省不下钱来的，得两个人一起省。
小懒：我发现一个人花钱是不痛快的，得两个人一起花。
木木：……

——如果记忆可以抹除的话。

木木：小懒，我问你个问题，你要如实回答啊。
小懒（一边吞水果一边回答）：嗯，你说吧。
木木：你为什么天天在同一家水果摊买水果啊？
小懒：因为他家水果足够新鲜，而且全啊。现在我已经是熟客，对我还特别优惠！厉害吧？
木木：我总是觉得怪怪的。你……是不是和卖水果的好上了？
小懒：……

木木：小二桃儿，爸爸告诉你哦，你妈妈有牙缝，脸上还有小雀斑。

小懒：小二桃儿，妈妈告诉你哦，你爸爸踢完球脚会臭，你爸爸还经常晚上忘记刷牙。

木木：小二桃儿，你妈妈放屁臭。

小懒：小二桃儿，你爸爸有头皮屑！

妈妈肚子里的小二桃儿（很郁闷）：我到底有一对什么样的父母啊？

木木：小二桃儿，妈妈很懒吧？
妈妈肚子里的小二桃儿：……
木木（童声童气）：嗯，是的，爸爸，
我也这么认为。
小懒：……

木木：收到羊城晚报汇给你的稿费了。

小懒（大方地）：赏给你了，当这个月你的包养费吧。

木木（配合地鞠躬，又作揖）：谢谢打赏！

小懒：……

情侣吵架，愤怒到达沸点的时候啊，什么爱啊，什么相知相惜啊，什么举案齐眉啊，什么相敬如宾啊……都是浮云。

《羊城晚报》转载了小懒在杂志上发表过的一篇名为“天道酬勤是骗人的鬼把戏”的文章，但把题目改为“爱情从来不会天道酬勤”。

男人到底用什么思考啊!

看《非诚勿扰》。
主持人孟非说："人一辈子不可能永不妥协的。在我不长的人生里我曾经妥协过无数次。每妥协一次，我就进步一点。每当我不妥协的时候，我就死得很难看。"
这句话——说得太牛了！
小懒，就是一直没有学会妥协，所以总是撞得头破血流。
这真不是件好事情。

小懒在QQ签名档上改了签名。
后来不知道出了什么问题，再点开时，
系统提示：
该心情不存在或者已经被删除。
——要是每个人的心情，都可以这样任意处理，就好了。

每次吵架，明明是我不讲道理，我自己也号啕大哭，不论之前我冲动之下说了多么难听的话，你看到我哭时都会舍不得，会说——都是我的错，都是我不好。

每当写稿时，写作速度和质量超出预期时，小懒都会大赞自己一句：
你真是个天才！
但是写完后，看了一遍，有着严重文字洁癖的小懒，又开始反复修改，一边修改一边骂：
你这个蠢材！

小懒日记一则：

木木，

冬天的时候，早上，我们迎着凛冽的风，走过小区外的胡同。

你总是抢先走在我前面。

虽然我真的不觉得这样能够为我遮挡多少迎面吹来的寒风，嘴里也在说着“不用这样，真的很夸张”，

但在你一步步逆风前行而表情认真、拉着我的手前行的过程里，

我——

是真的被温暖到了。

木木：我的厨艺下降，都怪你。
小懒：跟我有什么关系？
木木：你传染的啊。
小懒：这怎么传染？胡说八道。

木木：你不知道吗？上学的时候，学习好的学生和学习差的学生在一起，学习就会下降。

小懒：……

木木：同理，厨艺好的人和厨艺差的人在一起，厨艺就会下降……

小懒：……

读者：如果以后要听读者反馈的话就请问我吧！我应该能代表一部分人，我是青少年。

小懒：如果只是过来批评写得如何不好的，那就算了。

读者：……

小懒：批评容易打击作者写稿的积极性，影响作者写作心情及精神面貌，影响稿子进度。

读者：那表扬总可以吧？

小懒：表扬会让作者驰骋在被赞美的海洋里，不停冒泡，影响作者写作心情及精神面貌，影响稿子进度……

读者：……

作家的妻子并不明白，当作家凝视窗外
时，他就是在创作。——伯顿·拉斯科
看书的时候，偶尔看到这么一句话。
小懒看看坐在沙发上玩游戏的木木，
郑重地在记事本里写下这么一句——
作家的老公并不明白，当作家怒目而视喋
喋不休数落他时，她也是在创作……
木木（疑惑地）：什么情况？

公司负责网络维修的工作人员，不论电脑遇到什么问题，他永远只有一个答案和采取一个办法，那就是：

重装！

小懒有绝对理由相信，如果他是负责进行婚姻指导的心理医生，不论因什么问题而影响婚姻生活和情感，他必定回答：抹去记忆，重装夫妻二人的情感记忆，回到热恋阶段。

小懒日记：

木木，

每天，我们一起出门坐车到三元桥，你转而坐上公司的班车，我则继续前行几百米到我公司所在的大厦。

结果那天你突然对我说，每每到了三元桥，就很不舍，因为这样意味着只有在晚上，才能再见到我。

其实你这个理科生很少说这样的情话，如果这也算是情话的话。

四年多的婚姻生活，我们仍然像当初热恋、刚在一起时那般，每天有着说不完的话，有着无数的想法想要和对方交流。

所以，这么久以来，我从不曾觉得缺少什么。

可是现在，因为二桃儿的到来，一切都改变了，没有一点因为他/她会影响我们二人世界的担心，更多的是得知这个新生命的到来时，莫大的感激和欣喜。

2009年，我们将告别这四年多的婚姻生活中我们两个人的世界。

我想二桃儿会健康成长，我们亦会得到新生，我们虔诚地、心存感激地等待新生命的到来。

二桃儿，我们在等你来。

小懒觉得，冬天的时候，老板应该要对员工好一点。
大冷的天儿，从被窝里爬起来就需要很大的决心和勇气，如果老板再对员工不好，噼里啪啦的，得多少人辞职啊……
一到冬天，辞职之心就蠢蠢欲动。

小懒一向不擅长家务，比较粗线条。
虽然每次都很努力地收拾，但房间还是很乱……

有了小群仔后，小懒找到了非常好的借口。
每当有客人来访，望着家里乱糟糟的样子，就会非常违心地说：
“家居氛围真浓啊……”
这时，小懒则两手一摊，非常厚脸皮地说：
“哎，实在抱歉，家里有孩子，总是会乱。”
木木（看了一眼熟睡中的群仔）：……无语。

木木啊，现在有三件事要做，拖地、洗碗和哄小群仔，你（突然很小声）先做哪个？

写给曾经屡屡伤害木木的你——

这么多年，虽然小懒偶尔也做了一些伤害木木的事情，
但是，
但是，
但是，
……
——从来没有像你，伤害木木伤得这么深。
一次重创，
再次重创；
一次又一次，
一年又一年。
木木是那么善良、执著，从骨子里信任你，毫无条件地爱着你，深情地等着你……
即便在公司加班到夜里零点，凌晨1点多到家，第二天早上7点还要起来去上班，只要你有需要，他依然选择在凌晨3点爬起来去看你。
他对你的好，曾经让我深深忌妒。
可我内心自知，在木木的心里，我的地位怕是永无可能与你相比。
而爱一个人，理应尊重他的感情。
所以，我也没有什么不能释怀的。
只是，到底意难平。

有时候，我觉得，你是过去，你存在于木木生活的每一处空间里。
更多时候，我觉得，你是现在，你影响着木木生活的每一丝悲喜。

我曾经问木木，当然，关于这个问题，
怕是连你自己都忘记了——
可还记得，你伤害了木木多少次？木
木说，说也说不完，罄竹难书。
你忘记了吧？你一定忘记了。
……
……
……
……
……
……
……
……

——你们以为是木木的前女友么？
不不不。
——我说的是中国足球。

——哼，你们想歪了。
你们这帮唯恐天下不乱的坏人。

经常吵架的情侣，才有真感情。有句俗语怎么说的来着？“乌云过后阳光更欢，不和之后爱情愈甜。”

问一个宅女"最喜欢的运动是什么"就好比问一头牛"你最喜欢的肉是什么肉"……

编辑：稿子写完了吗——

答案：1.已经构思好了，下笔很快的（其实一点想法都没有）。

2.已经写了开头（完全没动笔）。

3.写了一半了，很快写完（刚写开头）。

4.快结尾了，马上给你（刚写开头）。

5.写完了，但我得整体顺顺（刚写开头）。

6.我觉得有点问题，想整体调一下（刚写开头）。

7.我在外面，晚上给你（压根儿不想写）。

8.昨晚睡着了，一会儿给你（假装一直不在线）。
9.五分钟后发给你（迅速关机）。
10.已经发邮箱了，没收到？我现在在外面，晚上再发你一遍（还是完全没想法）。
11.电脑昨天进水了，正在修理（完全没想法）。
12.觉得自己写得好差，我要推翻重写（完全没想法）。

木木只要一洗车，天气就会发生变化。
第一次，刚洗完车，隔天就下雨了。
第二次，刚洗完车，就沙尘暴了。
第三次，下雨。
……
最近的一次，下午刚洗完车，第二天就下雨了……

那一刻，真的，之前有什么疼痛再也记不得了，因为，你会迎来世界上最美好的回报。

不能像藏新买的衣服那样，偷偷把批量购买的新衣服藏起来，每隔几天或者几个月拿出来穿一件，逐渐逐渐让木木接受。

——小懒总不能把新做的发型分成几部分，一天露出一点头发，让木木慢慢接受呀！

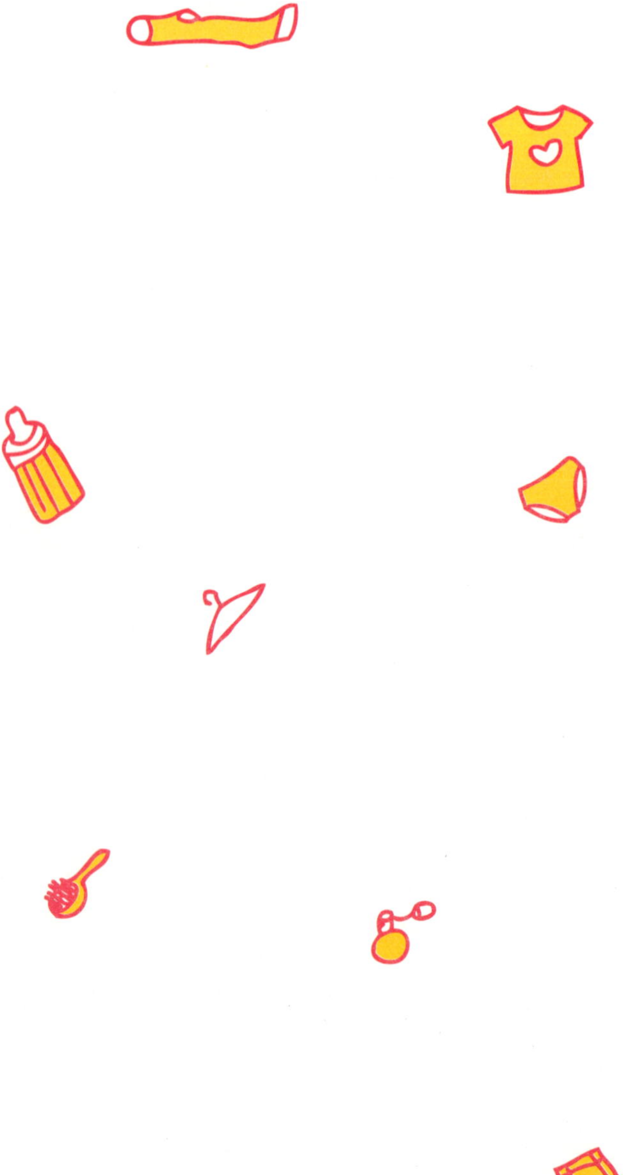

要知道，骗自己老公，也是要有技巧的，不能让他觉得你在挑战或侮辱他的智商。

图书在版编目（CIP）数据

全世爱笔记本 / 苏小懒著. — 杭州：浙江文艺出版社，2011.12
ISBN 978-7-5339-3263-3

Ⅰ. ①全… Ⅱ. ①苏… Ⅲ. ①长篇小说–中国–当代
Ⅳ. ①I247.5

中国版本图书馆CIP数据核字（2011）第229499号

责任编辑 闻 艺
特约监制 孟 祎 舒 以
特约编辑 任 航

全世爱笔记本
苏小懒 著

出版 浙江文艺出版社
地址 杭州市体育场路347号 邮编 310006
网址 www.zjwycbs.cn
经销 浙江省新华书店集团有限公司
印刷 小森印刷（北京）有限公司
开本 635mm × 965mm 1/32
字数 100千字
印张 8.5
版次 2011年12月第1版 2011年12月第1次印刷
书号 ISBN 978-7-5339-3263-3
定价 25.00 元